LA VILLE
DE REIMS,
A SA MAJESTÉ
LOUIS XVI.

LA VILLE DE REIMS,

A SA MAJESTÉ LOUIS XVI,

Lors de son entrée solennelle dans cette Ville pour y être sacré, le 11 Juin 1775.

POEME.

PAR M. RAOULT.

Vultus ubi tuus
Affulsit Populo, gratior it dies,
Et soles meliùs nitent.

HORACE.

A PARIS,

DE L'IMPRIMERIE DE MICHEL LAMBERT,
rue de la Harpe, près Saint Côme.

M. DCC. LXXV.

LA VILLE
DE REIMS,
A SA MAJESTÉ
LOUIS XVI.

Enfin il est venu ce jour si glorieux,

Jour si cher à la France, & qui comble mes vœux.

Je me livre au plaisir, au transport qui m'entraîne,

Je reçois dans mes murs mon ROI, ma SOUVERAINE :

ANTOINETTE, LOUIS, de la Divinité

Brille dans tous vos traits la sublime bonté.

Les Bienfaits, les Vertus, la Paix & l'Abondance,

Signalent dans ces lieux votre heureuse présence.

La Terre, sous vos pas, sème un tapis de fleurs,
Les Airs sont parfumés des plus douces odeurs,
Le Ciel est plus serein, la Lumière est plus pure,
Et votre aspect charmant embellit la Nature.

Vois ton Peuple empressé, voler de toutes parts,
Les Mères, les Enfans, & les foibles Vieillards,
PRINCE, chéri des Cieux, & l'amour de la Terre,
Modèle des bons Rois, & des François le Père.
Entends ces cris de joie & ces nombreux concerts,
Qui, de ton Nom sacré, font retentir les airs.
Reçois l'hommage pur de ton Peuple fidèle,
Il brûle de t'offrir son amour & son zèle.

MAIS quel brillant spectacle a frappé mes regards!
Un Ministre du Ciel descend vers mes remparts.
Sur un nuage d'or, de la voute éthérée
Il vole, & dans ses mains porte l'huile sacrée.
Ô LOUIS, ô mon Roi, l'Ange de l'Éternel

S'arrête près de toi, te conduit à l'Autel ,

Il souffle un feu divin sur toute ta Personne.

» François, voilà le Roi que le Très-Haut vous donne ;

» Des Héros ses Ayeux aimez le Successeur ,

» Il ne règne sur vous, que pour votre bonheur ».

Il dit : & sur ton front , par l'ordre de Dieu même ,

Couronnant tes Vertus, pose le Diadême.

CEPENDANT mille voix s'élèvent jusqu'aux Cieux,

L'amour de tous les cœurs les répète en cent lieux ,

Il adresse pour toi cette tendre prière.

» DIEU, protége LOUIS , si la France t'est chère !

» Il jure d'affermir & ton culte & tes droits ,

» Avec lui régneront la Justice & les Loix.

» Du Père des Bourbons c'est la parfaite image ,

» Et de notre bonheur sa Clémence est le gage ;

» Sois toujours dans son cœur, inspire ses desseins,

» Et fais couler sur nous tes bienfaits par ses mains.

A iij

» Dirige tous ses pas, couvre-le de tes ailes;

» Conserve lui, Grand Dieu, ces Ministres fidèles,

» Citoyens généreux, appuis de l'équité,

» Les amis de son Peuple & de l'Humanité.

» Écarte loin de lui la basse flatterie,

» Ce vil Tyran des Rois, l'affreuse Calomnie,

» Qui de la Pourpre altière honore le méchant,

» Et laisse dans les fers soupirer l'innocent.

» A sa plaintive voix rends-le toujours sensible,

» Mais pour le crime seul, qu'il se montre inflexible.

» Sans cesse offre à ses yeux ta sainte vérité;

» Son cœur est fait pour elle, & chérit sa clarté.

» Que du pauvre opprimé son Trône soit l'asyle,

» Et que long-tems la paix sous son règne tranquille,

» Bannissant les horreurs, & l'effroi des combats,

» De ses heureux rameaux ombrage ses États.

DANS ces vœux que répand la commune alégresse,

Quel triomphe plus pur, plus doux à ta tendresse !

Cher Prince, quel plaisir de régner sur les cœurs !

Le temps flétrit toujours les lauriers des vainqueurs ;

Le Sceptre des Césars que la pompe environne ,

L'appareil des grandeurs, l'éclat de la Couronne

Dans la nuit du tombeau s'éclipsent à la fois :

Mais le bonheur du Peuple est la vertu des Rois,

Et mieux que les succès sanglants de la victoire ,

Il fait vivre leurs noms, & consacre leur gloire.

Grand Roi, dont chaque jour les travaux vigilans

Règlent de tes États les destins florissaus,

La folle ambition ne peut rien sur ton âme ,

Le desir de bien faire , est le seul qui t'enflamme.

De ton Peuple fidèle , ô Monarque adoré ,

L'homme autant que le Prince est dans toi révéré.

Tu fuis des vains plaisirs la voix enchanteresse ,

Et du faste orgueilleux l'insensible mollesse.

Le Trône où tu parois, n'éblouit point tes yeux ,

Notre amour est pour toi le seul bien précieux ;

C'est-là de ton grand cœur le noble caractère,

Et tes Sujets en toi trouvent toujours leur Père.

LES FRANÇOIS sous tes Loix, heureux de plus en plus,

Par ma voix en ce jour célèbrent tes vertus.

Confus & désarmé, le Démon de la Guerre

Éteint en frémissant les feux de son tonnerre.

La Paix, l'aimable Paix ne craint plus les hasards,

Et tes soins généreux encouragent les Arts.

Excités par tes dons, par ton puissant Génie

Ils porteront par-tout la lumière & la vie.

De ces Enfans du Ciel les divines faveurs

Éclairent les esprits, adoucissent les mœurs,

Honorent la Patrie, élèvent le courage,

Et des règnes fameux sont le plus sûr présage.

De ta gloire charmés les Peuples & les Rois

Vanteront ta Bonté, ta Sagesse & tes Loix.

Heureux, nous bénissons ton Nom & ton Empire,

Et l'Univers entier t'applaudit & t'admire.

[11]

O TOI, qui dans l'éclat du plus auguste rang
Fais briller les vertus de ton illustre sang,
Toi que parent toujours les attraits & les grâces,
Qui répands le bonheur, les bienfaits sur tes traces;
Assise sur le Trône, auprès de ton Époux,
Tu partages ses soins & son amour pour nous.
Vois les cœurs satisfaits, adorable PRINCESSE,
Attachés à ton char, & te suivre sans cesse,
Les plaisirs & les jeux réunis sur ces bords,
L'alégresse éclater par les plus doux transports,
Et pour mettre le comble à tous les biens ensemble,
Desirer, demander un Fils qui vous ressemble.

____

Lu, & approuvé, ce 22 Mai 1775.

CRÉBILLON.

____

Vu l'Approbation, permis d'imprimer, ce 23 Mai 1775.

ALBERT.